Mörderisches Begehren

von

Manuela Brandl

Kriminalroman

Gleich nach ihrer Ankunft zog Monika den Bikini an und lief mit Jan an den nur wenige Meter entfernten Strand. Ausgelassen tobten die beiden im flachen Meerwasser und vergaßen die Schwierigkeiten der letzten Wochen in Deutschland.

Hier auf La Palma hatte das Wasser angenehme 21° und die frische Brise, die nach Salz und Sonne roch, vertrieb auch die letzten düsteren Gedanken.

Vorbei waren die Heimlichkeiten, die Lügen, das schlechte Gewissen und die Angst.

Monika fühlte sich froh und befreit, und glücklich wie seit Jahren nicht mehr.

Keinen Gedanken verschwendete sie noch an ihre missglückte Ehe mit Bert, wo sie sich schon so lange Zeit nichts mehr zu sagen gehabt hatten und dabei waren sie kaum sechs Jahre verheiratet gewesen. Warum die Ehe gescheitert war, konnte Monika gar nicht mehr so genau sagen.

Sie hatten sich in dem Jeansladen, in dem Monika damals gearbeitet hatte kennen gelernt. Bert wollte sich nur irgendeine Jeans kaufen, doch als er die Verkäuferin gesehen hatte, überlegte er, sich beraten zu lassen und ging mit einer klassischen, aber viel zu teuren Levis nach Hause. Dafür hatte er ein Treffen mit Monika für den nächsten Abend vereinbaren können, und so störte er sich nicht daran viermal mehr Geld als geplant ausgegeben zu haben. Schnell wurden die beiden ein Paar und schon zwei Jahre später läuteten die Hochzeitsglocken. Mit den Familien und einigen guten Freunden feierten sie ihr Glück.

Nach der Hochzeit arbeitete Monika nur noch vormittags, um genug Zeit für den Haushalt zu haben. Mit den ersehnten Kindern wurde es aber erst mal nichts und Monika fing an sich zu langweilen.

Heute dachte sie, dass es ganz gut gewesen war so, sonst hätte sie die Trennung vielleicht nie gewagt und hätte nie dieses herrliche, sinnraubende Glück kennen gelernt, das sie in Jans Nähe empfand. Sie merkte, wie sie jeden Tag unglücklicher wurde und auch Bert tat nichts, um ihre Lage zu verbessern. Ganz im Gegenteil. Kaum ein Jahr waren sie verheiratet, als sie immer wieder fürchtete, er betrüge sie. Er ging oft ohne sie aus, kam spät nach Hause, machte „Überstunden" und zeigte so alle klassischen Anzeichen einer Affäre. Als sie es nicht mehr aushielt, sprach sie seinen besten Freund darauf an, dann Bert selbst. Beide versicherten ihr, er gehe nur „einen trinken" und habe bestimmt keine Andere.

Darauf hin entschuldigte Bert sich und gelobte Besserung und tatsächlich besserte sich sein Verhalten kurzzeitig. Aber schon bald waren die Versprechen wieder vergessen. Er trieb es genauso schlimm wie vorher und Monika versuchte sich damit abzufinden. Schließlich liebe sie ihn und er sie und auch habe er sich die Treffen mit Kumpels verdient, redete sie sich ein. So lebten sie ein paar Jahre nebeneinander her, bis Jan Rotter in ihr Leben trat.

Er sprach sie in einem Café an, wo sie sich mit einer Freundin getroffen hatte.

Erika Mitterer, die Bert Klein nie hatte leiden können, schob einen vergessenen Termin vor und ließ die beiden allein. Mit leichten Gewissensbissen ließ Monika sich auf ein Gespräch ein. Jan bestellte einen Cappuccino nach dem anderen für beide und ehe sie sich versahen, war der Nachmittag vorbei. Sie hatten von Gott und der Welt gesprochen und endlich hatte Monika wieder die Sonne in ihr düsteres Leben blitzen sehen.

Sie ließ sich ihre Telefonnummer abquatschen und stimmte auch einem weiteren Treffen in der nächsten Woche zu. In bester Laune ging sie nach Hause und erst in der Wohnung fiel ihr wieder ein, dass sie ja einen Mann hatte, der zwar nicht daheim, aber immer noch mit ihr verheiratet war. Auch Jan wusste davon noch nichts.

Die folgenden Tage waren furchtbar und ein paar Mal überlegte sie, das Treffen abzusagen, brachte es dann aber doch nicht übers Herz. Sie wollte ihn so gern wieder sehen. Endlich war es soweit, sie machte sich fertig, schwankte zwischen sämtlichen Gefühlen, ging zum vereinbarten Treffpunkt, überlegte doch umzukehren, sah Jan und vergaß die ganze Welt.

„Ich habe mich die ganze Woche darauf gefreut!", flüsterte er ihr ein wenig verlegen zu und gab ihr einen sanften Kuss.

Nur ein leichtes Berühren der Lippen, doch es wirkte wie ein Funke auf Monika und sie umarmte ihn fest. Plötzlich wurden beide wieder schüchtern wie Teenager und setzten sich an einen abgelegenen Tisch. Monika schluckte, nahm ihren Mut zusammen und erzählte Jan von ihrer Ehe, in der Hoffnung, er werde sie deshalb nicht sitzen lassen.

Zuerst reagierte er enttäuscht, vor allem deshalb, weil er glaubte, sie wolle ihm damit sagen, dass aus ihnen beiden nichts oder nur eine Affäre werden könnte. Dann aber erkannte er, warum Monika ihm das alles erzählte und er fing an, sich immer mehr in sie zu verlieben. Im Lauf der nächsten Wochen trafen sie sich immer häufiger und immer privater, bis sie schließlich in Jans Wohnung landeten.

Monika schwebte auf Wolken, wenn sie mit Jan zusammen war und bekam Magenschmerzen vor schlechtem Gewissen, wenn sie zuhause auf Bert wartete. Mit der Zeit wurde es ein wenig leichter, da ihr Mann nie etwas zu merken schien.

Da auch sie nun jede Bemühung um seine Zuneigung aufgegeben hatte, herrschte nun absolute Eiszeit zwischen ihnen. Doch Bert führte sein Leben weiter wie vorher, nichts änderte sich im Ehealltag. Mit der Zeit gewöhnte sich Monika an ihr Doppelleben, doch die leise Stimme im Hinterkopf blieb und machte ihr besonders in den einsamen Stunden das Leben schwer.

Nach einigen Wochen der heimlichen Treffen meinte Jan: „Du solltest deinen Mann verlassen!"
„Und was soll ich dann machen?"
„Du ziehst zu mir!"
„Ach Jan! Wir kennen uns doch noch kaum! Wir können doch nicht zusammenziehen!"
„Ich kenne dich gut genug, um dich immer bei mir haben zu wollen."
Noch viele weitere solche Diskussionen folgten, bis Monika sich ernsthaft mit dem Gedanken anzufreunden begann. Langsam traf sie erste Vorbereitungen und fing an, sich bei Jan häuslich einzurichten.

Irgendwann fielen selbst Bert die dramatischen Veränderungen auf, die mit Monika vorgingen. Er ließ zweideutige Bemerkungen fallen, die seine Frau – wie beabsichtigt – zutiefst verunsicherten, zu seinem Leidwesen aber rein gar nichts an der Situation änderten.
Tagelang umkreisten sich beide fast wie Schwertkämpfer, bis Bert endlich mit Nachdruck wissen wollte, was eigentlich los sei. Er verschwieg Monika, dass er ihr schon ein paar Mal nachgeschlichen war und längst mehr als einen begründeten Verdacht hatte, was hier

passierte. Aber er wollte es von Monika selber gesagt bekommen, aus ihrem Mund hören, dass sie ihn nicht nur betrog, sondern auch akribisch Vorkehrungen traf, ihn still und schleichend zu verlassen. Die letzten Tage hatte er viel nachgedacht, über Monika, über sich und über sie beide. Es war nicht alles richtig gelaufen, das wusste er, aber der Verrat traf ihn trotzdem tief. Er liebte sie, auch wenn er es ihr lange nicht mehr gesagt hatte.

Nachdem er sie lange genug unter Druck gesetzt hatte, gestand sie endlich.
Sie erzählte ihm von Jan und kaum hatte sie fertig gesprochen, packte sie noch ein paar Sachen in eine große Tasche und sagte im Gehen: „Tschüs Bert, ich ziehe jetzt aus." Noch bevor er etwas erwidern konnte, hatte sie die Tür hinter sich zugeknallt und war verschwunden. Als er sich von seiner Schrecksekunde erholt hatte, lief er ihr nach auf die Straße, konnte sie aber nirgends mehr sehen. Zurück in der Wohnung hob er ihren Ehering auf, den sie zu Boden geworfen hatte. Seither hatte er sie unzählige Male angerufen, hatte es sogar geschafft, sie ein paar Mal abzupassen, aber Monika wollte nicht reden, nichts erklären und vor allem wollte sie ihre Ruhe vor Bert. Nach ihrem Urlaub würde sie sich endlich nach einem Scheidungsanwalt umsehen und somit das Kapitel Bert endgültig abschließen und hinter sich lassen.

„Ich liebe dich!", flüsterte Jan da plötzlich in ihre Gedankenreise. Sie sah ihn an und murmelte: „Ich dich auch, ich kann dir gar nicht sagen wie sehr." Monika schmiegte sich an Jan, der den Arm um sie legte und schweigend genossen sie die Sonne und die Wärme.

Am Abend aßen sie im Hotelrestaurant und vereinbarten für den nächsten Abend sich im Hotel nach einem kleinen gemütlichen Restaurant zu erkundigen. Das Essen war gut und reichhaltig, die Unterhaltung war es ebenfalls. Sie ließen sich also mitreißen von der Abendshow und beschlossen, den ersten Abend einfach zu verbummeln.
Am nächsten Tag erkundeten Sie die Hotelanlage, lagen am Pool und genossen das Essen. Die ganze Anspannung der letzten Monate fiel von beiden ab und sie verbrachten ausgelassene und romantische Stunden unter spanischer Sonne.

Am fünften Tag gingen sie lange nach Sonnenuntergang an den Strand zu einem Spaziergang unter Sternen. Hand in Hand schlenderten sie am Meer entlang und als sie sich gerade küssen wollten, trat aus dem Schatten eine Gestalt hervor: Bert!
Monika bekam einen Riesenschreck und stotterte: „Was willst du denn hier?" Doch ihr Ex beachtete sie gar nicht. Er trat auf Jan zu und

meinte: „Da haben wir ja den Gigolo, der mir meine Frau ausspannen will!" An seiner Sprache merkte Monika, dass er ziemlich viel getrunken haben musste.

Sie versuchte, ihn zu beruhigen, hatte aber noch kaum den Mund aufgemacht, als sie merkte, dass sie damit alles nur noch schlimmer machen würde. Er würde sich keinesfalls von ihr beruhigen lassen, ganz im Gegenteil, er würde noch wütender werden. Zuerst versuchte Jan, sich nicht provozieren zu lassen und ging nicht auf die Beleidigungen ein.

Dann fing Bert an, ihn zu schubsen und als er Jan auch noch eine Ohrfeige verpassen wollte, wurde auch dieser ärgerlich. Monika ging wieder dazwischen, versuchte zumindest Jan wieder zur Vernunft zu bringen, ihn zu bewegen mit ins Hotel zu kommen, weg vom menschenleeren Strand.

Doch auch bei ihm hatte sie kein Glück. „Geh aufs Zimmer! Na los, mach schon!" Unschlüssig, ob sie Jans Anweisung folgen sollte, blieb sie erst noch stehen, schaute zu wie der Streit immer heftiger wurde und rannte dann richtiggehend zurück auf ihr Zimmer.

Lange wartete sie auf Jan, konnte und wollte nicht schlafen gehen, solange er nicht da war und entschied letztendlich noch einmal zum Strand zurückzugehen und nach ihrem Begleiter zu suchen.

Sie machte sich Sorgen, obwohl sie wusste, Jan konnte sehr gut auf sich selbst aufpassen. Aber genau deshalb war sie so wahnsinnig besorgt, da er schon längst wieder bei ihr sein hätte müssen. Sie malte sich schlimme Bilder eines bewusstlosen oder gar schwer verletzten Jan aus und fing schließlich verzweifelt an nach ihm zu rufen, doch sie bekam keine Antwort.

Dann kam sie an die Stelle der Prügelei und die Kampfspuren waren deutlich sichtbar. Jan konnte sie jedoch nicht entdecken. Dafür glaubte sie, Blut im Sand sehen zu können.

Voller Angst und Panik lief sie so schnell sie konnte ins Hotel zurück. Dort angekommen schnappte sie sich einen Angestellten, erzählte ihm schnell eine Kurzfassung der Ereignisse. Dabei bemühte sie sich das Schluchzen aus ihrer Stimme herauszuhalten, das sich unbedingt Bahn brechen wollte.

Als nach einer gefühlten Ewigkeit endlich die Polizei ankam, stürzte fast im gleichen Moment einer der Hotelangestellten, die sich auf die Suche nach dem verschwundenen Gast gemacht hatten, in die Lobby auf die Sitzgruppe zu, in der die Polizisten, der Manager und Monika zusammen saßen. Auf Spanisch sprudelte er seine Botschaft an den Chef und die Beamten heraus.

Da sie kein Spanisch konnte, verstand sie nicht, was der Mann genau gesagt hatte, entnahm aber seiner Aufregung, dem Tonfall und der Art wie er das Wort „muerto" mehrmals aussprach, dass es keine positive Nachricht sein konnte. Ihr wurde schrecklich kalt und gleichzeitig durchflutete sie ein heißes Angstgefühl. Ungeduldig und verängstigt fragte sie den Manager, was er erfahren hatte. Die Polizisten standen bis auf einen auf und folgten dem aufgelösten Bediensteten. Der Manager, Sr. Martinez, sah den Polizisten fragend an, als dieser knapp nickte, erklärte er Monika: „Es tut mir sehr leid, Señora, aber… nun meine Mitarbeiter haben einen Mann am Strand gefunden, der …"

„Ist es Jan? Ist er verletzt? Was fehlt ihm? Bitte!"

„Nun, er … ist wohl tot. Es tut mir sehr leid!"

„Nein, das kann nicht sein! Jan tot?"

Erst wollte sie zur Tür und selbst nachsehen, dann realisierte sie, dass es eigentlich keinen Irrtum geben konnte und brach weinend zusammen.

Sr. Martinez reichte ihr ein Taschentuch und legte ihr kurz die Hand auf die Schulter, dann kam eine neue Beamtin herein, sagte kurz etwas zu den Herren und sofort trat auf den Wink des Hotelchefs ein weiterer Angestellter heran, der die Polizistin und Monika auf ihr Appartement brachte.

Dort angekommen stellte sich die Dame als Inspectora Sanchez vor und forderte Monika erst einmal auf, sich hinzusetzen, brachte ihr Wasser und zeigte viel Verständnis.

Nachdem diese sich einigermaßen beruhigt hatte, stellte sie ihr viele typische Polizeifragen, zeigte viel Geduld, wenn Monika wieder in Tränen ausbrach, und entlockte ihr so Schritt für Schritt die momentan wichtigen Informationen. Die Frau sprach dabei ein sehr korrektes, beinahe akzentfreies Deutsch und verstand auch gestotterte, von Schluchzern durchbrochene und gemurmelte Antworten Monikas. Auch gab sie sofort eine Suche nach Monikas Noch-Ehemann in Auftrag, was diese sich zusammenreimte, als sie die Beamtin seinen Namen ins Mobiltelefon sprechen hörte.

„Glauben Sie, Sie können die Identifizierung vornehmen?"

Monika nickte unsicher.

„Ich hole Sie heute Nachmittag ab. Dann können wir auch noch einmal miteinander sprechen, es gibt bestimmt Dinge, die Ihnen oder mir noch einfallen. Und wenn sie dringend mit mir sprechen möchten – egal warum – dann rufen Sie mich bitte jederzeit an!"

Sanchez überreichte Monika ihre Visitenkarte, schüttelte ihr nochmals die Hand und ging dann aus dem Bungalow Richtung Strand hinunter, wie Monika durch das Fenster sehen konnte.

Zuerst legte sie sich aufs Sofa und weinte, weinte sich schließlich in den Schlaf und erwachte recht unsanft und mit schmerzendem Rücken einige Stunden später. Einen Augenblick begriff sie nicht was los war, doch als sie sich nach Jan umschauen wollte, fiel ihr ein, dass er nie wieder bei ihr sein würde und erneut schüttelte sie ein heftiger Weinkrampf. Dann beschloss sie Erika anzurufen, die ihr immer noch eine treue Freundin war. Unter einigen Schwierigkeiten erzählte sie ihr was passiert war. Erika war schockiert und bot Monika an, sofort mit dem nächsten Flug zu ihr zu kommen. Diese hätte gerne angenommen, wollte aber ihrer Freundin den Stress ersparen und meinte: „Ich schaffe das schon und wahrscheinlich komme ich sowieso bald wieder heim."

Erika bezweifelte das und schärfte ihr ein, sich sofort nach dem Besuch bei der Polizei wieder zu melden und sich nicht zu scheuen das Angebot anzunehmen.

Nach dem Gespräch, das doch ein wenig befreiend auf Monika gewirkt hatte, ging sie duschen und machte sich für die Fahrt zur Polizeistation bereit. Es war keine Minute zu früh. Punkt 14 Uhr stand Sanchez vor ihrer Tür und brachte sie zuerst nach Santa Cruz, wo Jans Körper auf die Leichenschau wartete. Auf dem Weg fiel Monika ein, dass sie noch keine einzige Frage gestellt hatte und nur wusste, dass Jan tot war.

„Wie… was…woran ist er gestorben?", fragte sie stockend und nervös bei Sanchez nach. „Der Obduktionsbericht steht noch aus.", erklärte diese, „aber man kann wohl davon ausgehen, dass er durch Schläge zu Tode kam."

„Dann war es also doch Bert!", platzte Monika heftig und wütend heraus.

„Das wissen wir noch nicht, aber wir haben ihn zur Fahndung ausgeschrieben. Auszuschließen ist seine Täterschaft ja nicht."

„Wer könnte es sonst gewesen sein? Und er hat Jan angegriffen!"

„Darüber müssen wir später noch ausführlich sprechen. Ich brauche Ihre komplette Aussage!"

Während des Gesprächs waren sie angekommen und Sanchez hielt Monika die Tür auf.

Kalte Luft umgab sie plötzlich wie der Hauch des Todes.

Unsinn!, dachte sie, jetzt werde bloß nicht melodramatisch! Hier drin ist der Tod, wie sollte es also anders sein.

Zögernd ging sie mit der Beamtin den Gang entlang und folgte ihr nach Aufforderung in den Raum mit der Leiche. Sanchez kümmerte sich um die Formalitäten und der Gerichtsmediziner, oder wer auch immer der Mann in dem weißen Kittel an dem Metalltisch war, fragte sie: „Sind Sie bereit?"

Monika nickte stumm und hätte am liebsten laut ´Nein´ geschrien. Doch sie wusste, die Angelegenheit musste genauso erledigt werden wie ein Besuch beim Zahnarzt und später war man froh, es hinter sich zu haben.

Sie wappnete sich gegen die anstürmenden Gefühle und deutete an, man könne das Tuch wegziehen. Trotzdem stiegen ihr sofort Tränen in die Augen, als sie Jans kurze, dichte, braune Haare sah. Der Leichnam sah gewaschen aus und sie rief sich ins Gedächtnis, dass er ja bereits untersucht worden war. Die schönen braunen Augen waren nicht zu sehen, die Lider waren geschlossen. Das geliebte Gesicht sah wächsern aus, ein blauer Fleck war auf der Wange erkennbar und das ganze Bild sah – anders als in Filmen und Serien – keinesfalls friedlich aus. Sah man nicht genau hin, könnte man vielleicht einen Schlafenden sehen, aber das Ambiente und die kleinen Gesichtsverletzungen zeigten etwas wie ein groteskes Zerrbild von dem, was ihr vergötterter Jan gewesen war.

Schluchzend stand sie neben dem Tisch und traute sich nicht die Leiche anzufassen, dabei hätte sie nichts lieber getan, als sich an seine Brust geworfen, eine kalte Brust, leblos. Dieser Gedanke trieb ihr noch mehr Tränen in die Augen, ließ sie noch heftiger beben und endlich breitete der Mann wieder das gnädige Leichentuch über den Anblick. Noch immer heftig weinend verließ sie das Gebäude mit Sanchez.

Dass sie irgendwann im Laufe dieses Besuchs Jans Identität bestätigt hatte, war ihr nicht im Gedächtnis und doch musste sie es getan haben. Seit die Tür dieses kalten, sterilen Gebäudes aufgegangen war, hatte sie sich gefühlt wie in einem bösen Traum, jeder Schritt, jede Bewegung war, als müsste sie durch Gelee waten. Nur verschwommen konnte sie sich an die Szenerie erinnern und vielleicht war es ganz gut so, dann konnte sie zumindest die Erinnerung an einen lebendigen, fröhlichen Jan leichter bewahren. Sie schauderte wieder als sie an den toten Körper dachte, der aussah wie er, dessen Seele aber nicht mehr in ihm war.

Und schuld daran war Bert, ihr Ex, der Mann, der sie angeblich immer noch liebte! Wie hatte er ihr das antun können? Niemals hätte sie gedacht, dass er über Leichen gehen würde, er musste doch wissen, dass sie für immer verloren war? Und doch war er ihnen gefolgt, bis nach Spanien, auf eine kleine Insel, hatte sie beobachtet und ihr schließlich das Liebste genommen.
„Fühlen Sie sich in der Lage einige Fragen zu beantworten?", drang die hoffnungsvolle Stimme von Inspectora Sanchez in ihre Gedanken.
Monika atmete tief durch und sagte dann: „Ja, das muss ich wohl. Bitte stellen Sie Ihre Fragen, ich will nur noch, dass Bert bestraft wird!"
„Noch ist ja nicht sicher, dass er es war…"
„Wer soll es sonst gewesen sein? Und er hat sich mit Jan geprügelt!", rief Monika grimmig.

Auf der Wache erzählte Monika ihre ganze Geschichte, von der missglückten Ehe mit Bert Klein über ihr Kennenlernen mit Jan bis zu ihrem Auszug zu Hause und der Urlaubsreise nach La Palma. Sanchez ihrerseits interessierte sich für Bert, seinen Charakter, sein Verhalten, vor der Trennung und nach der Trennung.

Nachdem sie sich Monikas Ausführungen angehört hatte, stellte sie eine Frage, die ihre Zeugin sichtlich verblüffte und vor allem vollkommen aus dem Konzept brachte, da sie sie augenscheinlich nicht beantworten konnte.

„Wer oder was aus Jan Rotters Vergangenheit könnte denn in den Fall verwickelt sein?"

Monika sah die Beamtin entgeistert an: „Jans Vergangenheit?"

Jetzt erst wurde ihr klar, dass sie sich darüber noch nie Gedanken gemacht hatte. Er hatte nie viel von seiner Vorgeschichte erzählt und es fiel ihr schwer, sich an die kleinen Bemerkungen, die er immer nur nebenbei erwähnt hatte, zu erinnern.

„Soweit ich weis, leben seine Eltern nicht mehr. Er hat einen Bruder, der wohnt aber ziemlich weit weg und die beiden hatten schon lange keinen engen Kontakt mehr. Ich kenne ein paar seiner Freunde, aber seit wir zusammen sind, hat er seinen Freundeskreis verkleinert ‚um mehr Zeit für dich zu haben', wie er sagte. Ich hätte das nie von ihm verlangt, aber er wollte es so. Und ich habe die wenigsten davon kennengelernt. Wir sind nicht so oft mit ihnen ausgegangen."

Die Informationen, die Sanchez letztendlich erhielt, waren äußerst spärlich, reichten aber für einen kleinen Überblick aus.

„Ich würde Sie bitten", erklärte sie Monika zum Schluss, „zumindest noch ein paar Tage auf der Insel zu bleiben. Wenn die Obduktion abgeschlossen ist, haben wir bestimmt ein besseres Bild von der Lage und vielleicht auch gleich ein paar Beweise. Spätestens wenn die Untersuchung abgeschlossen ist, können Sie wieder nach Hause und ich verspreche Ihnen, persönlich alles dafür zu tun, den Täter möglichst schnell zu finden."

„Haben Sie ihn denn noch nicht verhaftet?"

„Nein, wir wissen nur, dass er wahrscheinlich noch in Spanien ist. Er ist gesehen worden." „Wo ist er?"

„Möglicherweise ist er noch nicht einmal von der Insel weggekommen. Zumindest sprechen die Aussagen und die Fakten dafür."

Kaum hatte Sanchez Monika wieder in ihrem Hotel abgeliefert, erhielt sie die Nachricht, dass der Verdächtige gefasst worden war. Jetzt begann für die Beamten die langwierige Verhörarbeit. Es gab natürlich Beweise, Spuren an der Leiche, Monikas Aussage, ein Hotelangestellter, der Berts Anwesenheit zur fraglichen Zeit bestätigt hatte. Doch die wirkliche Bestätigung des Tathergangs, das letzte Puzzlestück fehlte, eben ein Geständnis.

Mittlerweile lag auch der Bericht des Gerichtsmediziners vor, der besagte, dass Jan durch einen gezielten Tritt an die Schläfe außer Gefecht gesetzt und mit einem zweiten Tritt auf die Schädelbasis getötet worden war.

„Bei einem kräftigen Angreifer könnten es auch Schläge gewesen sein, doch das Opfer war relativ widerstandsfähig, es müsste also schon ein sehr starker Mann gewesen sein."

„Geben Sie endlich auf, Bert! Wir haben ihre DNA am Opfer , Blut vom Opfer an ihrer Kleidung, Hämatome mit Ihren Handmaßen gefunden!… Gestehen Sie doch, sagen Sie uns, wie es abgelaufen ist!… Warum haben Sie das getan?... Haben Sie geglaubt, Sie kriegen sie zurück oder sind Ihnen einfach die Sicherungen durchgebrannt? … Was wollten Sie hier auf La Palma? … War es eine spontane Idee, eine Gelegenheit, die Sie ergriffen haben? … Haben Sie ihn absichtlich umgebracht?..."
Fragen über Fragen prasselten auf Bert ein. Sanchez und ein zweiter Beamter führen das Verhör, doch außer „Was sagt das schon? … Nein, ich war es nicht! … Ich habe gar nichts getan!…" war nichts Interessantes aus dem Verdächtigen herauszuholen.

„Wir lassen ihn erst mal schmoren und probieren es morgen noch mal", entschied Sanchez schließlich, nachdem sie Bert abführen hatte lassen.
Am Nachmittag traf sich Sanchez noch einmal mit dem Gerichtsmediziner, einem guten Bekannten, mit dabei auch Miguel García, Sanchez Partner.
Bei wackligen Fällen besprachen sich Sanchez und García immer bei einem Kaffee, einem Glas Wein am Abend oder auch bei einem kompletten

Abendessen. Diesmal war noch Dr. Moreno mit von der Partie, da es sich ja um einen Mord handelte.

„Wie handfest sind die Beweise aus der Autopsie?", wollte Sanchez wissen.

„Nun, ja", erklärte Dr. Moreno, „seine DNA war am Opfer feststellbar, sonst keine Fremd-DNA. Natürlich wird das ein Verteidiger sofort platt walzen, da er ja zugegeben hat, sich mit dem Opfer geprügelt zu haben. Das Problem ist, zu beweisen, dass er das Opfer mit seinen Schlägen getötet hat. Und das ist das Problem, weil wir in den entscheidenden Wunden nämlich keine entsprechende DNA gefunden haben."

„Die Zeugin ist da leider auch keine Hilfe. Sie hat zwar gesehen, dass die beiden sich geprügelt haben, aber nicht, dass er das Opfer erschlagen hat!", warf García ein.

„Was uns entgegen kommt, ist die Tatsache, dass er kräftig genug ist, das angestellt haben zu können."

„Die Frage ist doch", grübelte Sanchez, „ob wir nicht auch so eine genügend große Chance haben, ihn verurteilt zu bekommen. Im Prinzip spricht doch alles gegen ihn. Es gibt quasi kein einziges wirklich entlastendes Indiz, geschweige denn einen Beweis. Nur seine Behauptung es nicht gewesen zu sein und dass das nichts wert ist, wissen wir ebenso gut wie Richter und Verteidiger!"

„Stimmt", nickte García nachdenklich.

Auch Dr. Moreno neigte den Kopf, als wolle er sagen, dass er grundsätzlich zustimme.

„Tragen wir doch mal zusammen, was wir gegen ihn in der Hand haben: Da wäre zunächst einmal die Aussage der Zeugin, Monika Klein, die ihn als wütend und verbittert beschrieben hat und auch den Anfang der Schlägerei gesehen hat, welche vom Täter ausging. Dann die DNA-Spuren, die Verletzungen am Täter, der Obduktionsbericht, der einen Mann als Täter identifiziert, der...“

„Moment“, warf Dr. Moreno ein, „der Bericht sagt nur aus, dass die tödliche Verletzung von einem kräftigen Schlag oder Tritt herrührt!“

„Ja, aber das ist zumindest ein weiterer Hinweis auf unseren Verdächtigen. Und vergessen wir nicht die Aussage dieses Mario, des Hotelangestellten, der ihn zur Tatzeit panisch vom Gelände flüchten sah.“

García wiegte den Kopf leicht hin und her: „Alles in allem sieht es so aus, als hätte dieser Klein unser Opfer erschlagen, aber den richtig stichhaltigen Beweis bleiben wir schuldig. Ob auf den Indizien ein Prozess aufgebaut werden wird, ist gelinde gesagt unsicher.“

„Der zuständige Staatsanwalt ist Antonio Hernandez. Er wird auf jeden Fall einen Prozess anstreben, dazu reichen die Beweise locker aus.“

„Möglich, aber selbst wenn, wie hoch sind wohl die Chancen, dass Bert Klein verurteilt wird?“, gab García, weiterhin skeptisch, zu bedenken.

„Ich bin genauso überzeugt wie Monika Klein, dass ihr Ex der Mörder ist. Wir müssen es unbedingt zumindest versuchen ihn hinter Gitter zu bringen! Wir brauchen eben mehr Beweise!"

„Aber woher nehmen? Und was würde außer einem Geständnis noch als Beweis taugen?" García hatte wenig Hoffnung, den Fall gut abschließen zu können. Die Beweislage war mehr als dürftig, der Verdächtige nicht geständig, keine weiteren Erkenntnisse in Aussicht und somit wenig Chancen auf einen erfolgreichen Prozess.

Monika war indessen dabei ihre Sachen zu packen. Bert war erst mal hinter Gittern, wenn auch nur in Untersuchungshaft und sollte sie für den Prozess gebraucht werden, konnte sie immer noch wiederkommen.

Am Flughafen in Deutschland würde Erika sie erwarten, die auch den Flug organisiert hatte. Es gab jetzt soviel in die Wege zu leiten, da sich außer ihr wohl niemand um Jans Leiche, Wohnung... - ihr schwirrte der Kopf von allen Dingen, die im Zusammenhang mit seinem Tod erledigt werden mussten – kümmern würde.

Zuerst musste sie wohl versuchen seinen Bruder zu erreichen, ihm sagen, dass Jan tot war. Ihn fragen, ob er die Beerdigung und alles weitere übernehmen wolle.

Die Tränen stiegen ihr wieder auf. Sie hatte seine Familie gar nicht gekannt, wenn auch nicht mehr viel davon übrig war, wie er ihr gesagt hatte. Er hatte zumindest ihre Eltern kurz kennengelernt, wenn diese auch nicht übermäßig begeistert waren, dass ihre Tochter jetzt mit einem „Liebhaber" durch die Gegend lief und ihren Ehemann hatte sitzen lassen. Ihr Bruder war einmal zu Besuch gewesen und sie hatten vereinbart, sich öfter zu sehen, woraus natürlich wie meist nichts geworden war.

Immer haperte es in zwischenmenschlichen Beziehungen an Zeit, an der Ausdauer sich mit dem Anderen auseinander zu setzen, sinnierte sie auf der Fahrt zum Flughafen. Selten ging man Beziehungen konsequent nach, pflegte sie, machte sich die Mühe diese auch aufrecht zu erhalten, auch wenns mal schwierig wurde, weil man beruflich sehr eingespannt oder räumlich getrennt war.

Was wäre gewesen, hätten Bert und sie ihre Beziehung ernst genug genommen, oder gleich vor der Heirat erkannt, dass sie nicht bereit waren, sie ernst genug zu nehmen?

Jan wäre auf jeden Fall noch am Leben, ob sie sich aber dann je kennengelernt hätten?

Über solchen Gedanken fiel ihr plötzlich Erika ein, die sie jetzt schelten würde, weil sie über bereits verschüttetes Wasser nachdachte. Es war nicht mehr zu ändern, Jan war tot und das deprimierende Gedankenkarussell begann sich erneut zu drehen.

Den Flug verbrachte sie mit sinnlosen Beschäftigungsversuchen, immer wieder unterbrochen von stillem Weinen um die große Liebe. Ihr Sitznachbar schlief zum Glück die meiste Zeit und störte sie weder mit gutgemeinten Tröstversuchen, noch mit lästigem Was-ist-passiert?-Fragen.

Endlich wieder in Deutschland, nach einem missglückten Urlaub, der eigentlich ihr Glück hätte festigen sollen, sank sie dankbar sowohl in Erikas Arme, als auch in deren helfende Hände. Als geborenes Organisationsgenie mit unverwüstlicher Lebensfreude und Humor nahm die Freundin alles in die Hand, angefangen mit Monikas Gepäck.

„Du schläfst erst mal bei mir", beschied Erika. Und schon saßen sie im Auto und waren auf dem Weg zur großen Wohnung der Freundin außerhalb der Stadt.

„Was passiert jetzt mit Bert?", fragte Erika, „Wird er verurteilt?"

„Er sitzt auf jeden Fall erst mal hinter Gittern, was weiter wird... keine Ahnung ehrlich gesagt. Ich bin zwar überzeugt, dass er es war, aber die Polizei meinte, die Beweise wären ein wenig dürftig, es ist nicht sicher, wie ein Verfahren enden würde."

„Und du bist dir aber sicher ja? Wieso?"

„Erika! Ich habe ihn gesehen, mit ihm gesprochen und er ist auf Jan losgegangen! Wie ein Wilder! Sie haben sich geprügelt und Jan wurde laut der Polizei eindeutig erschlagen, was heißt, dass Bert total die Kontrolle verloren hat!!"

Monika begann wieder zu schluchzen, die Erinnerung an die furchtbare Szene am Strand machte ihr verständlicherweise immer noch zu schaffen.

Lange saß sie mit Erika auf deren Couch und ließ ihren Tränen freien Lauf, schluchzte zeitweise hemmungslos in Erikas Armen, denn endlich konnte sie aufhören stark zu sein, endlich konnte sie schwach sein, Jan wirklich betrauern, immer in der Gewissheit, dass die starke Freundin an ihrer Seite war und alles regelte.

Und das tat Erika. Sie informierte Jans Bruder, nachdem sie es geschafft hatte, seine Telefonnummer herauszufinden. Sie organisierte die Beerdigung, nachdem sie alle amtlichen Formalitäten geregelt hatte. Sie sorgte dafür, dass Monika erst einmal in Jans Wohnung bleiben konnte und half bei der vorläufigen Umgestaltung. Quasi im Alleingang räumte sie Jans Klamotten und sonstigen Kram aus und deponierte die Sachen erst einmal in Kisten im Keller. Zusätzlich leitete sie Monikas endgültigen Komplettauszug aus der alten Ehewohnung in die Wege. Alles, jede Kleinigkeit, die der Freundin gehörte, wurde in die neue Bleibe gebracht.

Als sie erfuhren, dass Bert von der Inselpolizei freigelassen worden war, weil der Prozess schiefgelaufen war, kümmerte Erika sich darum, dass Monika Ruhe vor ihrem zukünftigen Ex bekam und arrangierte im gleichen Atemzug auch noch die ersten Scheidungsvorbereitungen. Wochenlang betreute Erika die immer noch wie in Trance lebende Freundin, organisierte ihren Alltag und fädelte auch alles andere für sie ein. Zeitweise wohnte Erika richtiggehend bei Monika und diese begriff immer dann, wenn sie allein war, was für sie alles getan wurde.

Irgendwann war der größte Wirbel doch vorbei und für die leidgeplagte Monika fing eine Phase der Erholung an. Vorbei waren die Zeiten, als sie die spanische Justiz und diese Kommissarin verfluchte, weil es ihnen nicht gelungen war, den – in ihren Augen eindeutig schuldigen – Bert hinter schwedische Gardinen zu setzen. Vorbei die Vorwürfe, es sei ihre Schuld, sie habe Jan auf dem Gewissen, weil sie für ihn Bert verlassen hatte. Vorbei die Zeiten der Rat- und Hilflosigkeit, wenn die großen und kleinen Probleme ihrer Situation auf sie einfielen.
Sie fing langsam an nicht nur ihr Leben wieder in den Griff zu bekommen, sondern auch Vorbereitungen auf die Zeit danach – nach Jan – zu treffen. Schritt für Schritt kam sie in ihr Leben zurück, allerdings ohne den Geliebten, der ihr Halt gegeben hatte und zum Glück auch ohne den Ehemann, der sie auf Dauer kaputt gemacht hätte.

Nach wie vor war Erika für sie da, gab ihr Hilfestellung, wenn sie, Monika, an ihre momentan noch recht eng gesteckten Grenzen stieß, stand wann immer nötig mit Rat und Tat zur Seite, doch vor allem ermunterte sie sie, wieder sie selbst zu werden, selbstständig und unabhängig und hin und wieder schaffte sie es auch, das so selten gewordene Lächeln wieder zum Vorschein zu bringen.

Aus dem vollkommen aus der Bahn geworfenen, instabilen und schutzbedürftigen Opfer wurde ganz langsam eine Frau, die gestärkt aus einer schlimmen Niederlage hervorging.

Erika war stolz auf die Freundin, vernachlässigte aber nach wie vor alle eigenen Anliegen und Probleme, um ihr zur Seite zu stehen, wenn es doch notwendig wurde.

Deswegen war sie auch die Erste, die erfuhr, dass der wieder zurückgekehrte Bert immer wieder versuchte, Kontakt zu Monika aufzunehmen. Weder Adresse noch Telefonnummer waren auffindbar, dafür hatte sie gesorgt, aber da auch Bert nicht ganz dämlich war, hatte er wohl den logischen Schluss aufgestellt, dass Monika in der Wohnung ihres Liebhabers untergekommen sein könnte. Womit er natürlich einen Volltreffer landete und fortan immer wieder bei verschiedensten Gelegenheiten versuchte, sie anzusprechen.

„Scheiße!", rief Erika aus und tigerte im Zimmer auf und ab, „wir hätten dich besser verstecken sollen, meine Liebe."

„Glaubst du wirklich, er tut mir was?", fragte Monika unsicher.

„Wer weiß das schon? Jedenfalls will ich es nicht drauf ankommen lassen! Wer kann schon sagen, was diesem aggressiven Trinker alles einfällt? Pass auf jeden Fall höllisch auf! Geh nicht allein an einsame Orte, lass niemanden herein, ohne zu wissen wer es ist und ruf sofort mich … oder vielleicht besser die Polizei? … wenn dir irgendetwas komisch vorkommt!"

Sie sah in Monikas verängstigtes Gesicht und wiegelte sofort ab: „Nicht, dass ich glaube, er würde dir was tun oder so. Ich bin mir nur nicht hundert prozentig sicher, dass er dir nichts tun wird und ich will absolut kein Risiko eingehen. Tut mir leid, Monika, ich wollte dich nicht erschrecken, ich hab mir angewöhnt um dich besorgt zu sein."

Dankbar lächelte diese die Freundin an: „Ich weiß. Ich war nur im ersten Moment etwas perplex, weil ich gar nicht so richtig in Erwägung gezogen habe, dass er mir was tun will."

Als eine Woche später Monikas Auto zerkratzt war, fand diese die Überlegungen der Freundin nun so gar nicht mehr abwegig und rief sie an, um Schlachtpläne zu schmieden.

„Ich fürchte, wir brauchen erst einmal Beweise, bevor die Polizei auch nur einen Finger rührt", sinnierte Erika bei Cappuccino und Käsekuchen in Monikas Wohnung. „Ohne etwas Handfestes halten die dich nur für eine hysterische Ziege oder für ein berechnendes Miststück, das den Ex diskreditieren will."

„Glaubst du wirklich? Aber die Fakten sprechen doch für sich!"

„Das ist es ja, meine Liebe. Es gibt keine Fakten – jedenfalls noch nicht."

„Aber er hat Jan umgebracht und er stellt mir nach!"

„Vielleicht ist das so, aber mehr als deine Aussage gibt es nicht, um das beweisen zu können. Es geht darum, etwas zu finden, das auch unsere Behörden als Beweis gelten lassen, etwas, das es ihnen erlaubt, sich ihre eigene Meinung über den Fall bilden zu können, die auch auf Fakten und sonst nichts beruht. Nackte Tatsachen sind gefragt, keine Aussage der Betroffenen, Fotos, unbeteiligte Zeugen, Videos vielleicht, irgendetwas in diese Richtung!"

„Selbst, wenn du recht hast, wie willst du denn das machen?"

„Mir wird schon was einfallen und wenn ich einen Detektiv anheuern muss!"

Es war schon sehr spät, als Erika sich dann verabschiedete und Monika allein zurück ließ. Diese drehte den Wohnungsschlüssel zweimal um und legte die Kette vor. Seufzend und nachdenklich machte sie sich auf den Weg zurück ins Wohnzimmer und räumte das Geschirr ab. Dann bestückte sie noch den Geschirrspüler, hielt aber immer wieder inne und ließ sich das Gespräch mit der Freundin noch einmal durch den Kopf gehen, dazwischen blitzten immer wieder Bilder von Bert auf, aus der Zeit ihrer Ehe und später, als er nach Jans Tod versucht hatte, Kontakt mit ihr aufzunehmen. Seit Erika gegangen war, hatte Monika ein schlechtes Gefühl, sie war allein und doch hatte sie das Gefühl beobachtet zu werden.

´Werd nicht paranoid!´, sagte sie sich und sah sich trotzdem fröstelnd um, wohl wissend, dass man eine Wohnung im dritten Stock nicht so leicht ausspionieren konnte. `Du wirst verrückt Monika, altes Mädchen!´

Dabei war sie schon auf einem so guten Weg gewesen, hatte angefangen die schlimmen Geschehnisse zu verarbeiten und der erste Anflug von Vergessen hatte sich langsam eingestellt. Einerseits war sie darüber sehr froh gewesen, andererseits hatte es ihr Angst gemacht, wie schnell man Kleinigkeiten aus seinem Gedächtnis bannen konnte. Wie lange würde es wohl dauern, bis sie nur noch einmal im Jahr Blumen an Jans Grab legte und dabei versuchte sich zu erinnern, wie er ausgesehen hatte, wie seine Stimme, sein Lachen geklungen hatte?

Doch jetzt erkannte sie, dass sie noch wie am ersten Tag den Verlustschmerz empfand und genau wusste, was er zu ihr sagen würde, wie er es sagen würde und wie er sie dabei ansehen würde, wäre er bei ihr. Fast konnte sie ihn neben sich sitzen sehen, wie er die Arme ausstreckte, um sie zu umarmen. Schon beinahe spüren konnte sie die Berührung und seinem warmen Atem spüren, wenn er ihr zuflüsterte, dass er sie nie verlassen und immer lieben werde. Aber die Illusion zerstob, wie so viele vor ihr und ließ nur Leere zurück.

Deprimiert ging sie ins Bad, um sich bettfertig zu machen. Während sie sich die Zähne putzte, glaubte sie etwas zu hören, hielt kurz inne und lauschte und schimpfte sich eine verfolgungswahngeplagte Mimose. Daraufhin musste sie lachen und spürte wie befreiend es war. Die Beklemmung verschwand und sie konnte nur noch den Kopf schütteln über diese befremdlichen Anwandlungen.

Müde stieg sie ins Bett, löschte das Licht und war kurz darauf eingeschlafen.

„Monika! Mach auf!! Verdammt nochmal, komm endlich an die Tür! Monika!... Antworte doch wenigstens! Monika!"

Erika bekam es langsam wirklich mit der Angst zu tun. Seit dem letzten Abend, den sie zusammen verbracht hatten waren jetzt schon fast zwei Tage vergangen und Monika war weder ans Telefon noch ans Handy gegangen, hatte auch nicht zurückgerufen und die Tür machte sie auch nicht auf.

Irgendetwas war hier faul, den Gedanken konnte sie jetzt nicht mehr von sich schieben. Das mulmige Gefühl hatte sich gestern schon ausgebreitet, als sie keine Antwort auf ihre SMS erhalten hatte, aber nachdem sie bis heute nichts von der Freundin gehört hatte, konnte sie es nicht mehr ignorieren.

Sie suchte in ihrer Handtasche nach dem Zweitschlüssel, den Monika selbstverständlich ihr gegeben hatte, und steckte ihn ins Schloss.

Die Verriegelung löste sich, doch die vorgelegte Kette spannte sich, als sie die Tür öffnen wollte. Das war nicht wirklich beruhigend, denn wenn Monika auswärts wäre, hätte sie die Kette von außen nicht vorlegen können. Da sie aber wusste, wie die Kette von außen zu lösen war, bereitete es ihr keine Schwierigkeiten die Wohnung zu betreten. Ein muffiger Geruch schlug ihr entgegen und ließ sie frösteln. Vom Flur aus wirkte die Behausung leer, doch ihr Gefühl sagte ihr sich trotzdem umzusehen. Sie betrat nacheinander die verschiedenen Zimmer, klopfte erst, rief nach Monika und blieb schließlich wie angewurzelt in der Schlafzimmertüre stehen.

Auf dem Bett lag Monika, reglos und blass, fast grau wirkte ihr Gesicht. Nachdem sie die Schrecksekunde überwunden hatte stürzte sie zu ihrer Freundin und schüttelte sie, rief ihren Namen, während ihr Tränen übers Gesicht liefen. Trotz ihrer Panik mahnte Erika sich klar zu denken und fummelte das Handy aus ihrer Handtasche. Mit zittrigen Fingern wählte sie den Notruf und schilderte die Lage. Der Mann in der Notrufzentrale war ruhig und besonnen und so schaffte Erika es, ihrer Hysterie Herr zu werden. Nach dem Telefonat fühlte sie Monikas Puls und erneut packte sie das Entsetzen, sie konnte nichts fühlen. Als sie es an der Halsschlagader nocheinmal probierte glaubte sie ein leichtes Zucken zu spüren und schöpfte nocheinmal Hoffnung. Sie versuchte sich an die Wiederbelebungsmaßnahmen aus dem Erste Hilfe Kurs zu erinnern und war heilfroh nach einer gefühlten Ewigkeit das Martinshorn des Rettungswagens zu hören.

Kurz darauf stürmten zwei Männer in den orangefarbenen Anzügen der Sanitäter durch die Tür und zerrten Erika vom Bett weg. Sie erkannte die Notwendigkeit die Experten ungestört arbeiten zu lassen und ließ sich in der hinteren Ecke des Schlafzimmers auf einen Sitzsack fallen. Von dort beobachtete sie die Bemühungen Monika wieder ins Leben zurück zu holen. In der Zwischenzeit traf der Notarzt ein, untersuchte kurz die wie tot wirkende Freundin und fing an eine Nadel zu legen, durch die bald diverse Flüssigkeiten liefen, indes arbeiteten die beiden Männer in Orange weiter an dem Defibrillator, den sie Monika zuallererst angelegt hatten. Während der Arzt die Versorgung fortsetzte, stellte er Erika nebenbei noch die eine oder andere Frage über den bisherigen Gesundheitszustand Monikas.

Langsam begriff sie: „Sie…ist noch am Leben?", fragte sie zaghaft.

„Aber ja! Herzschlag und Puls sind schwach, aber wieder vorhanden." Der Rest der Prozedur bis zum Festschnallen auf der Trage ging mehr oder weniger an Erika vorbei. Erst als die Sanitäter Anstalten machten, Monika zum Rettungswagen zu bringen, kam sie wieder zu sich und bestand darauf, mit ins Krankenhaus zu kommen.

Erika saß neben Monikas Bett, als die Schwester ihr bedeutete, zu ihr zu kommen.

„Was ist los?", fragte sie müde.

„Diese Herren", die Schwester machte eine vage Geste in Richtung der gläsernen Stationstür, „möchten Sie gern sprechen."

„Was will denn die Polizei von mir?", wollte sie verwirrt wissen.

„Wir haben die Polizei eingeschaltet, weil es so aussieht, als wollte Ihre Freundin Selbstmord begehen, das ist das normale Vorgehen in solchen Situationen", erwiderte die Krankenschwester nun ihrerseits verunsichert.

„Wieso Selbstmord? Wissen Sie denn, was ihr fehlt?", wollte Erika verblüfft wissen.

„Entschuldigung, ich dachte Sie wären dabei gewesen, als das Tablettenfläschen gefunden worden war."

„Tabletten?"

„Ja, einer der Sanis hat es auf dem Nachttisch stehen sehen, daraufhin wurde sie ja auch entsprechend behandelt."

„Entschuldigen Sie, aber das muss ich… irgendwie nicht mitgekriegt haben…"

„Ist schon in Ordnung. Aber jetzt sprechen Sie bitte mit den Beamten, ja?!"

Immer noch leicht erschüttert ging Erika den Uniformierten entgegen. Diese führten Sie zu einer Besuchersitzecke in dem momentan recht ruhigen Gang.

„Zuerst bräuchten wir bitte Ihre Personalien. Das Personal meinte, sie seien eine Freundin der Patientin?"

Nervös fischte Erika in ihrer Handtasche nach ihrem Personalausweis: „Äh, ja, ich kenne Monika schon viele Jahre."

Ihre Personalien wurden aufgenommen, dann begann der spannende Teil. Mit den Fragen wurde ihr das ganze Ausmaß des Vorfalls bewusst und sie fing von sich aus zu erzählen an. In der ersten Angst um die Freundin hatte sie gar nicht darüber nachgedacht, was eigentlich los sein könnte und so dämmerte ihr erst jetzt der Zusammenhang mit Jans Tod auf La Palma. Detailliert berichtete Sie von Jans Tod, Berts Verhaftung, Monikas Verzweiflung, der Rückkehr nach Deutschland und Berts Freilassung, sowie den Belästigungen, die dann gefolgt waren.

Sie zeichnete so gar kein schönes Bild von Bert, den sie nie besonders gemocht hatte, eine Intuition, die sich ihrer Meinung nach bereits mehrfach bewiesen hatte.

Zugleich brachte sie ihr Unverständnis und ihre Zweifel darüber zum Ausdruck, dass Monika gewollt Selbstmord begehen hatte wollen.

„Wo sollte sie wohl die Medikamente herhaben? Sogar in der allerschlimmsten Zeit hat sie nur Johanniskraut und Baldrian genommen. Sie mochte noch nie gern Chemie nehmen, ja noch nicht mal Schmerztabletten hat sie angerührt. Und das solange ich sie kenne!"

Währenddessen war ein Arzt zu der kleinen Gruppe getreten. Erika erschrak kurz, sah aber den beruhigenden Ausdruck im Gesicht des Mannes und wurde wieder ruhiger.

„Die Patientin ist leidlich stabil", unterrichtete er die Anwesenden, „aber sie liegt weiterhin im Koma. Die Dosis war sehr hoch, es grenzt fast an ein Wunder, dass sie das überhaupt überlebt hat. Leider können wir hier auch kein Gegengift verabreichen, da es sich um ein Barbiturat handelt. Wir können nur versuchen, sie zu stabilisieren und die Halbwertszeit abwarten."

Er sah schuldbewusst drein, als er die verdutzten Gesichter sah: „ Verzeihung, ich meinte, wir müssen abwarten, bis sich das Medikament im Körper wieder abbaut. Das kann hier bis zu acht Tagen dauern, bis nur noch die Hälfte des Wirkstoffs vorhanden ist."

„Es dauert über eine Woche bis sie wieder aus dem Koma aufwacht?", wollte einer der Polizisten wissen.

„Nun ja, wir hoffen, dass sie sich erholt, wenn die Wirkung nachlässt. Aber bei einer doch recht massiven Überdosis – wie gesagt, medizinisch gesehen, hätte sie das fast nicht überleben können, bedenkt man, wie lange sie gelegen hat, ohne gefunden worden zu sein. Jedenfalls ist noch nicht klar, ob sie tatsächlich nach Rückgang des Wirkstoff-Spiegels gleich aus dem Koma aufwacht. Wir hoffen das natürlich, aber versprechen können wir nichts. Vor allem wird sie auch nach dem Aufwachen nicht gleich vernehmungsfähig sein."

„Was für ein Medikament war es denn nun eigentlich, Herr Doktor? Und wie ist sie drangekommen?"

„Wie gesagt handelt es sich um ein Barbiturat. Ist heutzutage eher selten anzutreffen, da dieses spezielle auch nur bei bestimmten Formen der Epilepsie angewendet wird und ansonsten durch besser verträgliche Wirkstoffe ersetzt wurde. Daher ist es unwahrscheinlich, dass sie es sich verschreiben ließ, denn die Patientin leidet nicht an Epilepsie. Das hat wenigstens unsere bisherige Anfrage beim behandelnden Kollegen ergeben. Und Sie", er deutete auf Erika, „hatten uns das ja auch schon gesagt."

„Hätte Monika etwas in der Richtung gehabt, hätte ich Bescheid gewusst! Auf jeden Fall, das hätte sie mir nie verschwiegen, schon gar nicht nach allem, was die letzten Monate war!"

„Es deutet auch nichts auf die Langzeiteinnahme eines Epilepsiemedikaments hin, daher gehen wir nicht davon aus. Daher wird es wohl Ihre Aufgabe werden, meine Herren, die Herkunft zu klären. Brauchen Sie mich noch? Ich habe leider wenig Zeit."

„Nein, vielen Dank! Sie haben uns schon sehr geholfen. Wir melden uns, wenn wir noch etwas brauchen und bitten melden Sie sich bei uns, wenn es Veränderungen beim Gesundheitszustand gibt, ja?"

„Aber natürlich! Dann auf Wiedersehen!", sprachs und schon war der Arzt mit wehendem Kittel um die nächste Ecke verschwunden.

„Ich kanns immer noch nicht glauben, dass Monika sich umbringen wollte! Das ist so absurd! Sie hat doch jetzt wieder Mut geschöpft und sie war auch nach Jans Tod nicht nah am Suizid!", Erika schwieg, sie fand fast keine Worte für ihr Unverständnis.

„Glauben Sie denn, es könnte Fremdeinwirken gewesen sein?", hakte einer der Beamten nach.

„Nein, ich… nein, halt! Ja warum nicht? Wenn er sie gezwungen hat, die Tabletten zu nehmen?"

In Erika Kopf begannen verschiedene Szenarien Form anzunehmen und in allen war die Hauptperson neben Monika deren Fast-Ex-Mann Bert. Bert, der vorher schon erfolglos versucht hatte, sich wieder an Monika heranzumachen. War das nun seine ultimative Rache für die doppelte Zurückweisung?

Plötzlich landete sie wieder im Hier und Jetzt, bei den zwei Beamten, die sie neugierig anschauten. Schnell erzählte sie von ihrem Verdacht und dass Monika sich von ihm verfolgt und zuletzt gar beobachtet fühlte.

Und schon landete Bert wieder in einem Verhörzimmer, sah sich wenig freundlichen Minen gegenüber und musste unangenehme Fragen beantworten. Warum haben Sie…? Wann war …? Wo waren Sie…? Wer war …? Wieso haben Sie…?

Er erzählte wieder ganz von vorn, denn auch die spanische Episode war mitnichten vorbei. Sie wissen schon, dass sie nur aufgrund mangelnder Beweise freigelassen wurden? Und so weiter.

Er hatte Monika geliebt. Sicher hatte er sie lange vernachlässigt, teilweise gar schlecht behandelt. Ja, mittlerweile konnte er auch verstehen, dass sie gegangen war – er war zeitweise wirklich ein Arschloch gewesen.

Sicher war er glühend eifersüchtig auf „den Neuen" gewesen, denn vor allem durch die Trennung hatte er erkannt, dass er sie eigentlich immer noch liebte und dass er sie brauchte. Und welcher Mann war schon glücklich, wenn seine Frau mit einem Anderen durchbrannte.

Ja, er hatte den Typen gehasst, obwohl er ihn nicht kannte. Er hatte ihr nachspioniert, ja doch, das hatte er auch den Insulanern erzählt. Er wusste nicht mehr so genau, was den Ausschlag gegeben hatte den beiden nachzureisen.

Nein, er hatte nicht geplant die beiden Turteltauben zu stellen. Aber nach einem deprimierten, feuchten Barabend hatte er es doch getan. Er hatte sich mit diesem Jan geprügelt, natürlich, er war betrunken und aggressiv gewesen. Doch er hatte von dem Typen ordentlich was auf die Schnauze bekommen, anstatt ihn zu verprügeln. Der Kampf war ziemlich hitzig gewesen, aber letztendlich war er abgezogen, mit vielen schmerzhaften Prellungen, wie ein geprügelter Hund - im wahrsten Sinne des Wortes.

Ja, er war ein Idiot gewesen überhaupt nach La Palma zu fliegen, und er wusste immer noch nicht, was er sich eigentlich davon versprochen hatte.

Natürlich, getrunken hatte er schon ziemlich viel zu dieser Zeit, frustriert wie er war. Aber niemals hätte er ihn umgebracht, totgeprügelt, dazu war er gar nicht in der Lage.

Ja, er hatte versucht wieder mit Monika Kontakt aufzunehmen nach seiner Rückkehr nach Deutschland. Auch ihren Aufenthaltsort hatte er herausgefunden. Ja, indem er ihr nachgeschlichen war. Nein, er hatte sie nicht gestalkt, nicht versucht in ihre Wohnung zu kommen und auf keinen Fall war er bei ihr eingebrochen. Niemals hätte er ihr etwas getan! Er liebte sie doch immer noch.

Dass er chancenlos war, sie wieder zu bekommen? Ja, das wusste er, aber so richtig glauben wollte er es noch nicht. Ihr Auto hatte er selbstverständlich auch nicht verkratzt. Wieso sollte er? Er war doch nicht so ein kranker Perverser, der Befriedigung aus solchen Aktionen zog. Und niemals, um nichts auf der Welt, hätte er ihr Tabletten eingeflößt, in der Absicht, sie umzubringen!

Den Gesichtern um ihn, konnte er entnehmen, dass er niemanden überzeugt hatte. Aber er wusste, es lag nichts gegen ihn vor, außer einer „wenig schmeichelhaften Aussage".

Doch auch hier fehlte die Beweiskraft. Weder war er am Tatort gesehen, noch bei sonstigen verdächtigen Aktionen beobachtet worden. Ja, es gab ja noch nicht einmal Hinweise auf Fremdeinwirkung.

Aber natürlich konnte er verstehen, dass ein Selbstmordversuch Monikas Unverständnis auslösen musste, denn auch er hätte niemals geglaubt, sie würde so etwas tun. Schon gar nicht so lange nach dem Tod ihres geliebten Jan.

Sie hatte doch wieder richtig gut ausgesehen, als er sie getroffen hatte. So als würde sie wieder Pläne machen, ihr Leben leben und anfangen, es zu genießen. Dass er dabei außen vor blieb, hatte ihm schon etwas wehgetan, aber in realistischen Stunden hatte er auch gar nicht mehr geglaubt, dass sie wieder ein Paar werden würden.

Zu tief saß in ihr weiterhin der Verdacht, er wäre ein Mörder, ein saufender Totschläger. Nur hatte er nicht so schnell aufgeben wollen. Und wohin hatte ihn das jetzt gebracht? Hätte er sich doch nur gleich von Monika ferngehalten, dann wäre er auch nicht in Erikas Kreuzfeuer geraten, denn dass sie hinter den Anschuldigungen steckte, war für ihn glasklar.

Erika indessen war immer noch von Berts Schuld überzeugt und sorgte dafür, dass er nicht einmal in die Nähe von Monikas Krankenlager kam, die ihre Tage noch immer bewusstlos auf der Intensivstation verbrachte.

Entgegen den ärztlichen Prognosen blieb die Freundin im Koma, aber ihr Zustand verschlechterte sich auch nicht, was Erika durchaus als positives Zeichen betrachtete. Und doch machte sie sich wahnsinnige Sorgen um die Freundin und war frustriert, dass diese nicht gegen ihren Ex aussagen konnte.

Doch in erster Linie hoffte sie, dass Monika keine langfristigen Schäden davontrug und nach dem Aufwachen einfach wieder die Alte war. Sie war sich nicht sicher, wie sie – Erika - damit umgehen würde, wäre ihre beste Kameradin behindert, da sie sich noch immer Vorwürfe machte, dass sie nicht dagewesen war, es nicht verhindert hatte oder sonst irgendwas getan hatte.

Die vielen Stunden an Monikas Seite verbrachte sie meist grübelnd, Entschuldigungen murmelnd – wohl wissend, dass diese wahrscheinlich nicht gehört wurden. Und doch hielt sie die Hand der Kranken, streichelte ihr hin und wieder über die Wange und flüsterte ihr zu, dass schon alles gut werden würde. Letzteres auch und vor allem zu ihrer eigenen Beruhigung. Einmal hatte sie Monika angefleht aufzuwachen, die Lider aufzuschlagen, ihre Hand zu drücken, ihr ein Zeichen zu geben, dass sie wieder in der grausamen Welt der Realität angekommen war, oder besser, diese noch nicht verlassen hatte.

Doch es half nichts, die Monitore piepten eintönig vor sich hin, die Maschinen summten und zeigten an, dass sie den leblos wirkenden Körper bearbeiteten, um ihn am Leben zu halten.

Erika hatte es geschafft, als Ersatz für Monikas Angehörige anerkannt zu werden und so konnte sie sich jederzeit in dem Zimmer der verhassten Intensivstation aufhalten, von den Ärzten die Lage mitgeteilt bekommen und auch sonst vieles regeln.

Da die Freundin weder Eltern noch Geschwister hatte und auch keine sonstigen Verwandten, die sie boshaft von deren Krankenlager ferngehalten hätten – außer ihrem gewalttätigen Ehemann – war es nicht so schwierig gewesen, wie erwartet. Monikas Angehörige waren im Gegenteil froh über die Unterstützung von Erikas Seite und hatten sie deshalb bestärkt.

Und dann eines Tages erkannte Erika das erste Lebenszeichen – ein Zucken der Augenlider. Sofort teilte sie ihre Entdeckung dem Pflegepersonal mit, das ihr einigermaßen einfühlsam erklärte, es sei möglich, dass dies nur eine der Muskelzuckungen von Komapatienten sei. Aber man werde besonders auf die Kranke achten. Niedergeschlagen und trotzig blieb Erika zurück. Sie war sich sicher, Monika hatte auf sie reagiert, auf ihre Stimme oder etwas, das sie erzählt hatte.

Kurz darauf teilten ihr die Ärzte mit, die Vitalfunktionen hätten sich gebessert und man erwarte auch für die Zukunft eine positive Tendenz. Erika war ganz aus dem Häuschen und wich nun fast gar nicht mehr von Monikas Seite.

Die Schwestern machten sich schon Sorgen um sie und forderten sie des Öfteren auf, sich auszuruhen, zu schlafen, zu essen. Also brachte Erika seither belegte Brötchen, Kuchen oder andere Snacks mit, um zumindest guten Willen zu zeigen und bat um einen Sessel für ein gelegentliches Nickerchen.

Und – oh Wunder – sie bekam ihn und verfolgte nun fast schon voller Spannung die teilweise stündlich festzustellende Besserung des Zustands der Freundin.

Irgendwann war es dann wirklich soweit, dass Monika nicht nur die Augen öffnete, sondern sie auch fixieren konnte und nur noch die Überwachung angeschlossen war und alle lebenserhaltenden Maßnahmen beendet werden konnten.

Monika musste zwar noch auf der Intensivstation bleiben, hatte noch nicht gesprochen und schlief sehr viel, doch die Ärzte begannen schon langsam mit der Bestandsaufnahme von etwaigen Langzeitschädigungen durch das Medikament oder das Koma.

Und seit neuestem besuchte auch ein Therapeut die Freundin, die zwar noch nicht richtig aktiv Gymnastik machen konnte, sich aber dankbar für die Mobilisation zeigte. Man konnte es an ihrem Blick oder einem noch kaum merklichen Nicken sehen. Überschwänglich freute sich Erika über eine Art kleines Lächeln der Freundin, das sich kurz darauf einstellte.

Nach Tagen voller kleiner Besserungen kam eine niederschmetternde Nachricht: das Sprachzentrum war wahrscheinlich beschädigt und es würde wohl auch eine verminderte Motorik zurückbleiben. Verursacht, erklärte einer der geduldigen Ärzte Erika, hatte dies wohl der Sauerstoffmangel. Schließlich war die Patientin viele Stunden vor ihrem Auffinden bewusstlos und mit eingeschränkter Atmung gelegen.

Wieder fingen die Selbstvorwürfe an. 'Hätte ich doch nur früher nach ihr gesehen! Wenn ich gleich bei ihr geblieben wäre, würden wir jetzt gesund und munter einen Kaffee bei Toms Cakeshop – ihrem Lieblingscafe – trinken!'

Doch alles 'hätte, wäre, würde' half nichts, das wusste sie und in ihrer gewohnten Art ging sie die Sache pragmatisch an. Wie sollte sich Monikas Leben nach der Entlassung gestalten, welcher Ergotherapeut war der Beste, konnte Physiotherapie helfen und viele weitere praktische Erwägungen checkte sie in der nächsten Zeit ab.

Nach einiger Zeit konnte Monika dann auf die Station verlegt werden und mithilfe der angebotenen Behandlungen der krankenhauseigenen Therapeuten trat Besserung ein. Aber noch immer war ihr weder sprechen noch schreiben möglich und die unbeantworteten Fragen standen weiterhin mit großen Fragezeichen im Raum.

Die Ärzte stimmten trotzdem einer Befragung zu, man wollte sich mit Ja-Nein-Fragen behelfen und mittlerweile war ziemlich sicher, dass Monikas Geist nicht gelitten hatte, kleinere Beeinträchtigungen seien zwar nicht auszuschließen, aber im Großen und Ganzen sei ihr Zustand auf jeden Fall so gut, dass man ihre Antworten verwenden konnte.

Erika hatte sich mit viel Mühe das Privileg erkämpft dabei sein zu dürfen, als moralische Stütze.

„Frau Klein, dürfen wir Ihnen einige Fragen zu dem Vorfall in Ihrer Wohnung stellen?" - Nicken.

„Wollten Sie sich das Leben nehmen?" - Energisches Kopfschütteln.

„Wurden Sie überfallen?" - Nicken.

„War es ihr Noch-Ehemann Bert Klein?" - Kopfschütteln.

„Es war nicht Bert? Bist du dir sicher?", fuhr Erika ungläubig dazwischen. Wieder ein Kopfschütteln, diesmal nachdrücklich.

„War es ein Ihnen Unbekannter?" - Kopfschütteln.

„Haben Sie die Person erkannt?" - Wieder Kopfschütteln.

Erika und die Beamten sahen sich erstaunt an. Monika wollte etwas sagen, brachte aber nur unverständliche Laute zustande.

Dann fragte der zweite Beamte: „War es eine Ihnen unbekannte Frau?" - Ein Nicken – nachdrücklich und mit einem dankbaren Lächeln.

„Eine unbekannte Frau ist bisher nicht auf unserem Radar aufgetaucht. Haben Sie sie schon irgendwo einmal gesehen, kam Sie Ihnen irgendwie bekannt vor?" - Kopfschütteln.

„Würden Sie sie wieder erkennen?" - Ein leichtes Heben der Schultern zeigte Unschlüssigkeit.

„Haben Sie einzelne Details erkennen können?" - Sachtes Nicken.

„Die Haarfarbe?" - Nicken.

„Blond?"

Auf diese mühselige Art fragten sich die Polizisten durch. Mit viel Geduld von beiden Seiten und zwei kleinen Pausen zeichnete sich dann folgendes ungenaues Bild ab:

Nachdem Erika gegangen war, hatte eine schwarzhaarige, schlanke und vor allem kräftige Frau sich Zutritt zu Monikas Wohnung verschafft und diese mit vorgehaltener Waffe gezwungen, die Tabletten zu nehmen. Auch hatte sie Monika irgendetwas gesagt, was hatte sich allerdings nicht herausfinden lassen, da die Beamten hier total im Dunkeln tappten und nur weitergekommen wären, hätten sie zufällig die richtige Entscheidungsfrage gestellt. Scheinbar hatte es einige Zeit gedauert, da Monika sich wohl bemüht hatte, Zeit zu schinden. Und diese Taktik hatte ihr wohl das Leben gerettet, da die ganze Wirkstoffdosis nicht auf einmal zugeführt worden war. Irgendwann waren dann die Wirkungen des Barbiturats aufgetaucht und schließlich war sie eingeschlafen – oder auch bewusstlos geworden. Die Frau hatte sich wohl nicht bis zur letzten Konsequenz vergewissert, ob die Tabletten ihre Wirkung bis zum Schluss getan hatten. Womöglich hatte sie Angst entdeckt zu werden, oder am Tag nicht unbemerkt flüchten zu können. Jedenfalls war die Nachlässigkeit der Täterin dem Opfer zugute gekommen und Erika war dankbar, dass Monika langsam wieder zurück ins Leben fand.

Auch nach akribischer Ermittlungsarbeit, konnten die Beamten keine Spur der Unbekannten finden, noch nicht einmal Einbruchspuren oder Fingerabdrücke waren in Monikas Wohnung gefunden worden. Es machte alles in allem einen sehr mysteriösen Eindruck und niemand konnte sich so recht einen Reim darauf machen. Monikas Aussage erschien aber glaubwürdig, war sogar noch einmal nachgeprüft worden und beide Protokolle einem Psychiater vorgelegt worden, der auch Monika – soweit möglich – untersuchte und für glaubwürdig befand.

„Es hört sich nach Agatha Christie an, aber glaubt ihr, die unbekannte Dame würde einen zweiten Mordversuch unternehmen, wenn sie befürchten müsste, Frau Klein könnte in naher

Zukunft zu einer vollständigen Aussage fähig sein?"

„Ja, wäre möglich, aber können wir das verantworten?"

„Ich denke, das Krankenzimmer wäre recht leicht zu überwachen. Ich bin mir nur nicht sicher, wie wir das unauffällig anstellen könnten."

„Indem wir uns als Praktikanten einschmuggeln. Die Pflegeleitung müsste natürlich Bescheid wissen. Oder als Zivi meinetwegen."

„Hm, gar keine schlechte Idee. Aber wir brauchen rund um die Uhr jemanden. Das wären drei Beamte, denen man den Teenager abnimmt."

„Also eine fiele mir spontan ein. Die Lady ist gerade erst frisch eingestellt worden, aber ziemlich hell auf der Platte und vor allem engagiert. Wenn wir ihren Vorgesetzten dazu kriegen mitzumachen, hätten wir auf jeden Fall mal jemanden für den Tagdienst."

„Nein, warte mal, wenn die Krankenhausleitung mitspielt, brauchen wir vielleicht zumindest für die Tagüberwachung keine junge Beamtin. Wie wärs mit einer altgedienten, leitenden Krankenschwester, die für ein paar Wochen in einem anderen Krankenhaus Abläufe studiert und sowas?"

„Und die Kleine könnten wir dann abends einsetzen, denn da passt die Tarnung für alte Hasen nicht."

„Aber traust du dem Frischling sowas zu?"

„Ich kenne sie schon länger und mit entsprechender Einweisung traue ich ihr sehr viel zu. Ich hoffe nur, das funktioniert auch mit dem Dienstweg."

„Wenn nicht, macht unser geliebter neuer Kollege einen Famulanten, dafür geht er auf jeden Fall durch."

Beide grinsten und machten sich voller Eifer an die Organistion der ungewöhnlichen Aktion. Einverständnis der eigenen Vorgesetzten einholen, das Krankenhaus informieren und überzeugen, das Zeitmanagement planen und viele andere Sachen mussten erledigt werden.

Auch Erika wurde eingeweiht und versprach zu helfen, indem sie ihre Freundin wieder sehr ausgiebig besuchte.

Letztendlich funktionierte es und die Zeitungen brachten den Bericht über ein Opfer, das gleich zwei ungeklärten, fast mysteriösen Verbrechen ausgesetzt gewesen war und sich nun langsam erholte. Die Medien stürzten sich auf die Herzschmerz- und Leidensgeschichte von Monika. Auch diese hatte zugestimmt und auf ihre Art geholfen, den Bericht zu modifizieren und authentisch wirken zu lassen. Der behandelnde Arzt gab ein gefaktes Interview, in dem er erklärte, seine Patientin erhole sich prächtig – was nicht ganz gelogen war – und sie könne wohl in einigen Tagen wieder sprechen und damit alles erzählen, was passiert war.

Sogar der regionale Fernsehsender brachte einen kurzen Beitrag über die Geschichte. Und um dem ganzen noch die Krone aufzusetzen, bat man um Spenden, die nicht gedeckte aufwändige Reha-Maßnahmen unterstützen sollten.

Nun hieß es abwarten. Besucher der Station wurden genau beobachtet. Doch es tat sich nichts Verdächtiges und die Anspannung aller Beteiligten begann nachzulassen.

Dann kamen neue Praktikanten, von denen zwei erst kurzfristig um das Praktikum ersucht hatten. Diese beiden stationierte man möglichst weit von Monikas Station entfernt und bat, die betreuenden Schwestern ein besonderes Auge auf die beiden zu haben. Es waren beides junge Frauen, eine kurz nach dem Abitur, die andere schon ein bisschen älter. Die lose Beschreibung Monikas passte auf beide. Auch bei Monika musste ein Praktikant untergebracht werden. Leider kam der einzig männliche und somit unverdächtige Kandidat nicht in Frage, da er ein anderes Fachgebiet haben wollte.

So wurde eine dralle Blondine Mitte 20 als geeignet befunden. Eine weitergehende Überprüfung war nicht möglich, da keiner riskieren wollte, dass Verdacht geschöpft wurde und somit nur die üblichen Unterlagen für ein Praktikum vorlagen und die waren nach dem Geschmack der Beamten viel zu spärlich. Aber man musste nehmen, was man bekommen konnte.

Die ersten Tage verliefen ruhig, Monikas Zustand verbesserte sich langsam, aber stetig. Nie ließ man die neue Blondine alleine in Monikas Zimmer, immer schaffte es irgendwer dabei zu sein. Doch mit der Zeit ließ die Wachsamkeit etwas nach. Bisher hatte sie sich durch nichts verdächtig gemacht. Ihre Geschichte klang glaubwürdig und sie wirkte sehr sympathisch. Der junge Beamte, der zum Famulanten umfunktioniert worden war, beschrieb sie begeistert als eine 'supernette, total harmlose, aber echt heiße' Frau. Auch die eingeschleuste ältere Beamtin empfand sie als sympathisch und ungefährlich.

Dann kam eines Nachmittags Besuch ins Zimmer geschneit und erstarrte bei Erikas Anblick. Diese drückte unauffällig auf ihrem Handy herum, um Alarmbereitschaft anzuzeigen. Aber schon kam auch ein Pfleger ins Zimmer marschiert und fragte bevor Erika etwas sagen konnte: „Und wer sind bitte Sie?"
„Ich... bin... Martha Neumann", stotterte die Frau verwirrt und sah ertappt aus.
„Was wollen Sie hier? Ich kenne Sie nicht!", fuhr nun Erika die ungebetene Besucherin an.
„Ich, also, ich kenne sie von früher und wollte sie besuchen..."
„Reden Sie keinen Scheiß!", fauchte Erika, „Sie kennen sie nicht! Ich wüsste von Ihnen!" „Also gut, also gut, ich bin Reporterin und ich brauche dringend eine Story und ich dachte... naja,

vielleicht kann ich ein paar Bilder schießen und ein paar Worte aus der Dame rauskriegen."

Sie wirkte geknickt und schien ehrlich zu sein. Erika drehte sich zu Monika um: „Ist sie in Ordnung?" Diese nickte. Sie hatten diese Frage vereinbart, um unschuldige Opfer auszuschließen und Monika meinte, zumindest feststellen zu können, wer definitiv nicht in Frage kam. „Dann verschwinden Sie und versuchen Sie das nicht nochmal!", giftete Erika immer noch wütend.

„Ja ich... danke! Ich tu es bestimmt nicht nochmal, war eine blöde Idee. Entschuldigen Sie bitte!", sprachs und schon hatte sich Martha Neumann durch die Tür gezwängt und man hörte Sie den Gang entlang hasten.

In den nächsten Tagen fühlte Monika sich nicht wohl, was man anfangs auf die Anspannung schob. Doch als es schlimmer wurde und auch die Vitalwerte wieder zu schwanken begannen, machte sich Sorge und Beunruhigung breit. Die Ärzte konnten sich diese Entwicklung aus dem Krankheitsverlauf her nicht erklären, deshalb fing man an, diverse Vergiftungen zu prüfen.

Und dann ging es Schlag auf Schlag. Der normale Betrieb auf der Station war natürlich weiter gelaufen. Und an diesem Nachmittag gab es einen Notfall, Kreislaufkollaps am anderen Ende des Gangs.

Alles verfügbare Personal war in Beschlag genommen und so sah niemand, wie sich die Tür zu Monikas Zimmer wieder schloss, nachdem eine Gestalt hineingeschlüpft war.

Doch die hatte die Rechnung ohne Erika gemacht. Diese war zwar gerade zum Kiosk gegangen, der eine ziemliche Strecke entfernt war, hatte aber auf der Treppe noch bemerkt, dass sie ihre Geldbörse nicht eingesteckt hatte und war wieder zurück gekommen, nur um die blonde Praktikantin über Monika gebeugt vorzufinden, eine Spritze in der einen Hand, die andere an der Branüle, durch die immer noch sporadisch Infusionen liefen. Sie stieß einen lauten Schrei aus und stürzte sich auf die Feindin.

Diese erschrak, versuchte trotzdem schnell ihr Vorhaben auszuführen und hatte schon angefangen die Flüssigkeit in Monikas Vene zu drücken.

„Es ist nur eine Spülung...", versuchte sie Erika zu erklären, als diese sich auf sie stürzte und verhinderte, dass sie den Kolben noch weiter drückte.

Schnell musste Erika feststellen, dass sie dem blonden Püppchen hoffnungslos unterlegen war und steckte einige harte Hiebe ein, bevor die Andere einen richtigen Treffer landete und Erika außer Gefecht setzte. Sie fasste wieder an die Spritze, als endlich die Beamtin ins Zimmer stürzte und mit lauten Schreien nach Unterstützung versuchte die Frau zu überwältigen.

Die Kommissarin war massig, aber mit Schrecken erkannte sie, dass ihre Gegnerin wesentlich besser im Nahkampf ausgebildet war, als sie. Und obwohl sie stark und nicht unbewaffnet war, landete die Blondine einige gut platzierte Schläge, bis die Beamtin auf dem Boden lag. Doch scheinbar hatte auch diese getroffen, denn die angebliche Praktikantin hielt sich die Rippen bevor sie versuchte zu flüchten und in dieser Zeit rappelte sich die Kommissarin wieder auf und startete erneut den Versuch einer Festnahme.

Dann kamen endlich zwei Pfleger dazu und langsam wendete sich die Lage. Allen drei gemeinsam gelang es schließlich, die Handschellen zuschnappen zu lassen und des Weiteren einen Stuhl mit Bandagen zum Mini-Gefängnis umzufunktionieren.

Weitere herbeigerufene Schwestern kümmerten sich gemeinsam mit den Ärzten um Monika, deren Zustand bedenklich schlecht geworden war, einige weitere um Erika, die ziemlich heftig getroffen worden war. Zum Glück war sie wieder halbwegs bei Bewusstsein und starrte die noch im Zimmer Gefesselte feindselig an.

„So, Frau Krug, dann erzählen Sie uns mal, wie Sie wirklich heißen."

„Ich will einen Anwalt."

„Schön, aber erst will ich Ihren richtigen Namen wissen. Wir müssen Sie ja schließlich ordnungsgemäß als Klientin anmelden", ätzte der leitende Kommissar.

„Krug ist mein wirklicher Name. Und jetzt den Anwalt!"

Dieser fand sich auch recht schnell ein und das Verhör konnte nach einer kurzen Besprechung beginnen.

„Fangen wir mit heute an: Was wollten Sie bei Frau Klein?"

Der Anwalt bedeutete ihr zu Schweigen.

„Wie Sie wollen, aber wir lassen das Zeug gerade analysieren, dass Sie Frau Klein spritzen wollten. Und Sie wurden auf frischer Tat ertappt. Falls es also nicht gerade Kochsalzlösung war, sind Sie auf jeden Fall dran. Vielleicht Herr Anwalt, sollte Ihre Mandantin den Mund aufmachen, bevor wir alles alleine herausfinden."

„Sie wird auf die Fragen antworten, die ich auswähle, Herr Kommissar."

„Schön, Frau Klein ist übrigens wieder außer Gefahr, gerade hat das Krankenhaus angerufen und es besteht die Möglichkeit, dass sie uns doch noch mehr mitteilen kann als bisher."

„Ach wirklich, da bin ich aber gespannt, was da herauskommen wird. Was ich gesehen habe, können Sie da warten bis Sie schwarz werden." Provozierend lümmelte sich Laura Krug in ihren Stuhl.

„Bitte, Frau Krug!", zischte Ihr Anwalt leise.

„Ah, das heißt, sie hat etwas zu erzählen!", triumphierte Kommissarin Walter, der man die

Teilnahme an der Rauferei mit Laura Krug ansah.

„Bestimmt, aber doch nicht über mich!", gab Laura blasiert zurück.

„Also schön, was war in der Spritze?"

Sie tauschte einen Blick mit ihrem Anwalt, der für sie antwortete: „Frau Krug bestreitet, eine Spritze oder sonst irgendetwas an die Branüle von Frau Klein angeschlossen zu haben."

„Wer wars denn Ihrer Meinung nach?"

„Erika Weiß-nicht-wie natürlich!" Laura grinste tatsächlich ein bisschen.

„Machen Sie sich nicht lächerlich! Ich habe auch gesehen, wie Sie versuchten, den Kolben hinunter zu drücken."

„Meine Mandantin gibt dazu keinen Kommentar mehr ab!", mischte sich der Anwalt nun wieder ein.

„Sie sollten Ihre Mandantin lieber zur Zusammenarbeit überreden. Ihre Lage sieht verdammt schlecht aus. Wir lassen Ihnen jetzt eine halbe Stunde Zeit, darüber nachzudenken."

Nach der Pause kamen die Kommissare zurück und setzten sich entspannt an den Tisch.

„Wie siehts nun aus? Möchten Sie uns etwas erzählen?"

„Absolut nichts!", fauchte Laura, bevor ihr Anwalt zu einer diplomatischen, nichtssagenden Rede ansetzen konnte.

„Gut, wir schon: Frau Klein ist außer Lebensgefahr und...", Walter machte eine bedeutungsschwangere Pause, nicht ohne das kurze Zucken in Lauras Gesicht zu sehen, „sie ist vernehmungsfähig..." Zufrieden grinsend lehnte sie sich zurück.

„Und?", wollte Laura nach einer längeren Pause wissen.

„Sie wird gegen Sie aussagen... Was sonst?"

„Und was hoffen Sie, was sie berichten wird?"

„Sie wird nicht, sie hat bereits. Ihre letzte Chance auf einen Deal ist somit gescheitert."

Walters Kollege ergriff das Wort: „Da Sie es nicht tun werden, sage ich Ihnen, was passiert ist. Korrigieren Sie mich ruhig, falls ich Ihrer Meinung nach eine falsche Sicht auf die Dinge habe. Es war doch so: Sie sind in Frau Kleins Wohnung eingebrochen, haben Sie bedroht und gezwungen, das Barbiturat zu nehmen. Gottseidank sind Sie aber zu dumm gewesen, festzustellen, dass Ihr Opfer noch am Leben ist. Und Sie waren zu feige, zu Ende zu führen, was Sie sich vorgenommen hatten. In dem guten Glauben, Frau Klein wäre tot, haben Sie so lange Ihren Frieden gefunden, bis Sie in den Nachrichten von der „wunderbaren Genesung" gehört hatten. Und dann war klar, es muss ein neuer Versuch gemacht werden. Sie haben sich im Krankenhaus eingeschlichen und warteten auf einen passenden Zeitpunkt. War gar nicht blöd gedacht, aber Sie haben es wieder vermasselt. Zu dumm, dass Sie einfach mit der Planung und der Umsetzung nicht zusammengekommen sind. Aber das ist bei vielen Tätern mit niedrigem

Intelligenzquotienten so. Sie versuchen eine möglichst verwinkelte, vermeintlich clevere Taktik und scheitern dann daran, dass die Komplexität einfach über Ihren Verstand ging."

„Ein schönes Märchen haben Sie sich da ausgedacht. Was haben Sie nur gegen mich? Und mich mit dieser durchschaubaren Beleidigungsstrategie aus der Reserve locken zu wollen, ist lächerlich. Das müssen Sie doch besser können. Aber Ihr Problem ist, dass Sie für diese ganze sagenhafte Geschichte nicht einen Beweis haben, nicht wahr? Ein Geständnis ist Ihre einzige Möglichkeit den Fall abschließend zu lösen. Tut mir sehr leid, Herr Kommissar, ich muss Sie enttäuschen, Sie sind auf dem Holzweg."

„Allein die Aktion im Krankenhaus genügt schon lange für Untersuchungshaft, das wird Ihr Anwalt Ihnen bestätigen. Der Inhalt der Spritze hat sich nämlich als Blutdrucksenker-Cocktail erwiesen, der auf jeden Fall tödlich gewesen wäre, hätten Sie es geschafft, die ganze Ampulle zu spritzen. Das erfüllt den Mordversuch-Tatbestand. Sie sind also aller Voraussicht nach erst einmal unser Gast. Der Untersuchungsrichter erwartet uns."

„Ja, Frau Krug, da sitzen wir also jetzt mal wieder beisammen. Sie wollen uns also nicht sagen, warum Sie Frau Klein töten wollten?"
Laura verdrehte wie gelangweilt die Augen und sah Kommissarin Walter kühl in die Augen.

„Soll ich es Ihnen sagen? Wollen Sie es wirklich nicht selbst tun?"

„Nur zu! Ich bin sehr gespannt, was Sie sich heute ausgedacht haben."

„Ehrlich gesagt, beruht das auf einer Zeugenaussage und die besagt, dass Sie eifersüchtig auf Frau Klein waren, weil Jan Rotter sie und nicht Sie haben wollte. Er wollte Sie nicht, Sie waren nicht sein Typ und Frau Klein musste büßen, dass sie es war."

„Lächerlich!"

„Sie wollten ihn, aber er hat Frau Klein geliebt, wirklich geliebt. Sie hat er gar nicht gesehen."

„Sie haben ja keine Ahnung...", keifte Laura, bevor ihr Anwalt sie zum Schweigen brachte.

„Ah, da haben wir einen wunden Punkt getroffen? Dann sage ich Ihnen noch etwas: Sie konnten es nicht verkraften, dass sie seine große Liebe war, nicht Sie, sondern die unscheinbare Monika Klein."

„Ach was. Sie spinnen sich hier etwas zusammen. Bringen Sie Fakten auf den Tisch, wenn Sie mir schon etwas anhängen wollen", entgegnete Laura nun wieder gefasst und kühl.

Einige Tage später saß Laura im Gang, um auf den Beginn einer weiteren Vernehmung zu warten, der sie gelassen entgegensah. Keine Beweise, noch nicht einmal brauchbare Indizien lagen gegen sie vor, dafür hatte sie gesorgt.

Da kam ein Mann auf sie zu und setzte sich neben sie. Zuerst beachtete sie ihn gar nicht, aber da er ständig vor sich hin murmelte, sah sie ihn sich doch an, in der Absicht, ihn anzuschnauzen. Aber sie brachte kein Wort heraus, starrte den Fremden richtiggehend an.

„Entschuldigen Sie", sagte er da plötzlich, „ich sollte lieber still sein. Ich bin nur so wahnsinnig wütend."

Sie musste antworten, aber das Sprechen fiel ihr noch immer schwer. Sie hatte sich noch nicht vom dem Schock erholt, dass der Mann, der neben ihr saß, Jan so ähnlich sah, als er sie mit seiner weichen, fließenden Stimme wieder bestürzte. Auch die Stimme war Jans, aber doch war es nicht Jan, der da neben ihr saß und sie erwartungsvoll ansah.

„Äh, nein", stotterte sie endlich, „ist schon in Ordnung. Wirklich!"

„Wissen Sie, ich soll meine Freundin besuchen, die dumme Gans. Dreht erst ein linkes Ding und lässt sich dann auch noch so blöd erwischen."

Und er fing an zu erzählen, dass er eigentlich ein ganz anständiger Kerl gewesen war, aber „manche Dinge, zwingen einen zu ungewöhnlichen Handlungen", dass er mit seiner momentanen Flamme, so sehr „ins Klo gegriffen" hatte, weil sie zwar nicht schlecht aussah, aber strohdumm war und so weiter.

Laura sagte nicht viel. Sie hörte ihm zu und dachte immer wieder: `So hätte Jan sein müssen.´

Irgendwann fragte er abrupt: „Was machst du eigentlich hier?"

„Ich bin wegen einer Vernehmung hier."

„Zeugin?"

„So ähnlich."

„Was hast du ausgefressen?"

„Sie wollen mir einen Mordversuch unterschieben, aber es gibt nicht den geringsten Beweis gegen mich. Deswegen verhören sie mich dauernd, weil sie nur mit einem Geständnis weiterkommen."

„Nicht schlecht. Wie hast du es also angestellt?"

„Ich wars doch gar nicht."

Da beugte er sich zu ihr und flüsterte ihr ins Ohr: „Erzähls mir ruhig. Ich sags keinem! Ich... möchte nur wissen, ob du auch so viel Hirn wie Sexappeal hast."

Flüchtig streifte er mit den Lippen ihren Hals, bevor er sich wieder aufsetzte.

„Nein, ich wars wirklich nicht."

„Lüg mich doch nicht an! Du warst es! Ich sehs dir an!"

„Guten Tag Frau Krug, Herr Anwalt. So dann wollen wir mal."

„Ja, fangen wir mit diesen angeblichen neuen Beweisen an", eröffnete der Verteidiger den Schlagabtausch.

„Gerne, das hatten wir sowieso vor. Frau Kommissarin, würden Sie bitte?"

„Nichts lieber als das!", Melanie Walter schlug eine dicke Akte auf. „Ich werde mal damit beginnen, Frau Krug, dass Sie ein Verhältnis mit Jan Rotter hatten. … Nein, sagen Sie nichts. Sie brauchen es gar nicht zu bestreiten. Wir haben seine Handyverbindungsdaten zur fraglichen Zeit überprüft. Und auch, wenn Sie diesen Vertrag jetzt nicht mehr besitzen, ist er Ihnen doch eindeutig zu zuordnen. Sogar ein paar Nachrichten konnten wir besorgen: `Sicher hab ich Bock auf ne heiße Nacht. Bis 19.00 Uhr!´ Die stammt eher aus der Anfangszeit. `Hast du dann heute Zeit für mich?´ Kurze Zeit später. `Jan, du verdammter Mistkerl, antworte gefälligst!´ Die ist ziemlich zum Schluss geschickt worden, als er Monika Klein kennengelernt hatte." Die Kommissarin legte eine Kunstpause ein, um die Worte wirken lassen zu können und den überrumpelt und ertappt wirkenden Blick von Laura Krug genießen zu können.

„Ja, so war das. Dann hat er Sie endgültig aus seinem Leben geworfen und ist eine Beziehung mit Frau Klein eingegangen. Die Beziehung, die Sie immer mit ihm haben wollten, nicht wahr? Und zu diesem Zeitpunkt haben Sie dann angefangen Rachepläne zu schmieden. Und jetzt dürfen Sie erzählen: Haben Sie gleich von Anfang an mit Mord spekuliert, oder sind Sie erst später auf diese perfide Idee gekommen?" Laura verschränkte die Arme, sah die Kommissarin ausdruckslos an und schwieg.

„Meine Mandantin macht dazu keine Angaben", erklärte ihr Anwalt überflüssigerweise.

„Na schön, das ist jetzt auch nicht mehr wichtig. Wir kriegen Sie für den Mord an Jan Rotter, den Mordversuch an Monika Klein und schwerer

Körperverletzung und Widerstand gegen die Staatsgewalt."

„Wollen Sie sich nicht wenigstens noch eine kleine Chance auf ein milderes Urteil verschaffen?", erkundigte sich Walters Kollege.

„Wie seid ihr der Krug denn letztendlich auf die Spur gekommen?", wollte Nico Seifert, der Kollege aus der Sitte von Melanie Walter und ihrem Partner wissen. Die drei saßen in Melanies Wohnzimmer und hielten ihr wöchentliches privates Treffen ab.

„Wir haben einen Typ gefunden, der aussah und sprach wie ein Bruder von Jan Rotter. Wir haben ihn auf die Krug angesetzt und es war fast überraschend einfach. Sie hat ihm fast alles erzählt, zwar in Kurzfassung, aber es hat genügt, um uns Ermittlungsansätze zu liefern. Darauf hin war es nicht mehr so wahnsinnig schwer, belastendes Material zu finden."

„Ich war total dagegen, weil ich nie gedacht hätte, es könnte funktionieren. Sie hatte alles durchschaut, was wir im Verhör einsetzen konnten. Aber kaum kam dieser Typ an, hat sie geredet wie ein Wasserfall." Melanie Walter schüttelte scheinbar noch immer erstaunt den Kopf.

„Sie hat es ja wirklich raffiniert angestellt. Das konnte sie auch, weil sie wusste, dass die Grundvoraussetzung für ein perfektes Verbrechen gegeben war. Sie würde nicht mit der Tat in Verbindung gebracht werden, weil niemand einen Bezug zwischen ihr und dem Opfer herstellen konnte. Niemand wusste davon. Also ist sie nach Spanien geflogen und hat Rotter und Bert Klein prügelnd am Strand entdeckt. Nachdem Klein abgezogen war, hat sie sich angeschlichen."

„Normalerweise braucht es doch sehr viel Kraft, um jemanden so umzubringen und viele Schläge. Wie hat sie das gemacht?"

„Das war uns auch schleierhaft und ein weiterer Grund, warum sie sicher sein konnte, nicht in Verdacht zu geraten. Aber tatsächlich ist sie ein gefährlicherer Gegner, als viele Polizisten. Sie beherrscht mindestens zwei Kampfkunstarten, die richtig eingesetzt, für den Gegner tödlich sein können. Und sie ist verdammt durchtrainiert. Du weißt ja, was sie mit Melanie und dieser Freundin von der Klein im Krankenhaus angestellt hat. Es ist direkt ein Wunder, dass sie überwältigt wurde."

„Jedenfalls konnte sie sich dann aus dem Staub machen und niemand ist auf die Idee gekommen nach einer dritten, unbekannten Person zu suchen, schon gar nicht, einer Frau. Damit war die Episode in Spanien erledigt. In Deutschland hat sie dann beschlossen, dass es wohl nicht gereicht hat, ihn umzubringen. Sie hat es getan, weil sie erstens wusste, sie konnte ihn nicht mehr haben und zweitens weil sie Monika Klein leiden sehen wollte. Die hat sich aber als stärker als gedacht erwiesen und so musste sie eben auch beseitigt werden. Die Krug hatte einen Schlüssel zur Wohnung von Jan Rotter, deshalb gab es keine Einbruchspuren und die Selbstmordthese hätte durchaus plausibel sein können. Aber sie hat nicht mit der Vehemenz von Kleins Freundin gerechnet, die erst ausschlaggebend war, um überhaupt in eine andere Richtung zu denken. Und ein weiterer Fehler ist ihr unterlaufen. Sie hat sich nicht vergewissert, dass ihr Opfer wirklich tot war, weil sie nicht beim Verlassen der Wohnung gesehen werden wollte. Sie glaubte, die Klein wäre tot. Hat ja auch nicht mehr viel gefehlt. Aber auch das hatte sie bedacht und sich lange vorher als Praktikantin fürs Krankenhaus eintragen lassen. Eigentlich war die Planung wirklich brilliant, nur durch ein paar kleine Schönheitsfehler und Monika Kleins starken Überlebenswillen hatten wir überhaupt eine Chance, sie dranzukriegen. Wären ein paar Kleinigkeiten anders gelaufen, wüssten wir noch nicht mal von Laura Krugs Existenz."

„Wie geht es Monika Klein jetzt überhaupt?", wollte Nico Seifert wissen.

„Wir haben sie heute nach der Verhandlung in der Reha besucht. Sie ist auf dem Weg der Besserung, aber die Schäden werden bleiben. Aber sie scheint eine starke Frau zu sein. Sie hat sogar ihren Ex um Verzeihung für die Verdächtigungen gebeten, obwohl er ja seinen Teil getan hat, ihren Verdacht zu schüren. Ihre Freundin meinte, sie sei durch das alles nicht geschwächt worden, sondern habe erst jetzt gelernt zu kämpfen. Und wenn ich mir die Klein

so anschaue, dann glaube ich wirklich, dass das
Leben sie nie wieder schocken kann."

Herstellung und Verlag:
BoD-Books on Demand, Norderstedt
ISBN: 978-3-7322-7857-2